ユニヴェール 7

揺れる水のカノン

金川 宏
Hiroshi Kanagawa

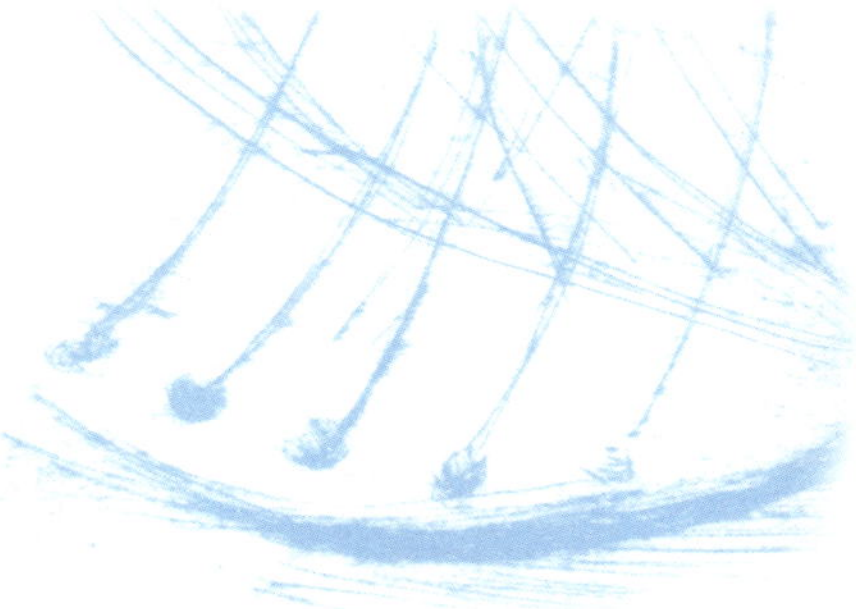

書肆侃侃房

揺れる水のカノン＊目次

水の主題によるマドリガル 11
I 15
雨の末裔 16
誕生する雲 18
木を仰ぐ 20
落ちてゆく夕暮 22
春、渚にて 24
記憶の樹 26
忘れられた町で 28
美しい朝 30

瞑想する家 32
裏庭の星雲 34
夢見る部屋 36
青 38
鏡 40
墓 42
Intermezzo 45
水と風と君の詩学 46

II

石の魚　50
蝸牛の休符　52
長い夜の卵　54
十月の角砂糖　56
わが街　58
木橋のある風景　60
草時間、白球　62
揺れる水のカノン　64

耳の渚　66
回遊する旋律　68
散乱する紅い実　70
虹彩都市　72
幻想カフェ　74
物語　76
Intermezzo —— 79
七曜の周辺　80

III

月の音符　84
ギタリストの休日　86
厨房酩酊　88
月清響弦　90
バンドネオンと落葉　92
秋魚歌　94
屋上の空　96
輪廻する水　98

フォトグラフ　100
キリンの歩行　102
ピアニッシモ　104
ラクリモーサ　106
見知らぬ夢よ　108
花落祈禱歌　110

雨と猫のジーグ　113

3つのプリズム［短歌による索引］　117
あとがき　124

装画　千川裕子
装幀　宮島亜紀

揺れる水のカノン

水の主題によるマドリガル

水の主題によるマドリガル

もの言はぬ旅を終へきて水に放つ言葉《コロナ》はみづのひびきをもてり

鞦韆に微睡めばめぐり深ぶかと草を沈めてたそがれるみづ

ゆくりなく桐の葉に雨ふり初めて時間《とき》渉りゆく青き球体

金管とピアノのためのラプソディー秋水は過ぐあさののみどを
暮れ落ちしビルのあはひはみづみちて無数の銀の風逝くところ
偶然を吹きたふれゐる噴水のいま捧げたき音楽《クロノス》として

ritornello

ゆめの扉《と》を洩れくるひかり掬ふ掌にささやきかはす水のユモレスク
みづにけぶるむつききさらぎさざなみの心ゆららにひとをし思へ

I

雨の末裔

とほざかる窓に見えきて町をつつむ二重《ふたへ》の虹のほのかなる足

紫陽花のなかに淡い紅が差して　白雨が
瞳の奥をゆっくりと通り過ぎてゆく
ぐっしょりと髪を濡らした触角が
ほの暗く燈された水甕のなかを覗いている

しずかな雷に　一瞬あらわれる夜の雲
井戸の中に忘れられた梯子　星座へ
うつぶせになったあなたの背中に
緑色の小さな翅が生えている

朝　ゆずり葉のうえのかたつむりが
暗黒の殻を破って　ぼくたちを
雨が生まれた場所へ導いてくれる

自転車の翼に纏わりついた光の粒を振り払って
雨後の陽炎の中で　こんなにもはしゃいでいる
あなたはきっと　雨の末裔

誕生する雲

青空のやうなおまへの頭蓋そのかなしみのうたしづくする雲雀

盥《たらい》のなかに揺れている水
どこか別のところから
うつうつと瞼《まぶた》をひらくように
棺のふたをあけると

わたしが私の顔をして
来迎図の雲のあいだから
壁の抜けた野菊の部屋へ
降りてくるのが見えた

くずれてゆく波の先端に
留まろうとしているのは　ああ
時間だけではなかった

おまえの腐臭を嗅ごうと
黄に塗られた蝶たちが　もう
こんなに集まっているではないか

木を仰ぐ

たれのゆめのきりぎしひとり藻はゆらぎゆらぎてはるかきみへなだれつ

雨あがりの楷《かい》の木の下で
生きていられるかもしれない
蒼い覗かれた空間を測り
枝分かれした時間の骨を遡る

死者らの耳は凪いで
縫合された葉脈の間から
言葉になれなかった音が
鋲のようにまき散らされる

明るい天体を移動させ
夜の沼の地図を広げて
ぼくは通過する白雲を捉える

すべてをそこに記述し終えると
葉群を燃やしつづけていた胸だけが
しんと　とり残されている

落ちてゆく夕暮

馬のひとみ灯るゆふべをひとりきて別れしこともまぼろしのうち

何も起こらなかった日でも　夕焼けにあうと
ちょっと何かが　揺れる　どこかで
ひとつだけ扉が開かれていて　女たちが
こちらを覗き込みながら通り過ぎる

なんて昏いのかしら　つばの広い
黒い帽子がいくつも投げ込まれる
乾いたタイルの上には
すでに廃墟の砂が忍び寄る

水たまりの裏側に　ぬりゅっと
腰から入ってゆこうとすると
あとから後から波紋が閉じられる

見たこともない夜がすぐそこに
深い口をあけて　水底の街角には
鏡の破片が渦を巻きはじめる

春、渚にて

きみのうしろにうねるうみの髪まきあがり逆立ち凪に千切れて

いちにちの聖痕として漂着する
波打際の足跡　あなたはどこから
やってきたのだろう　ほんの数分前
ここを通り過ぎていった　あなた

穴に棲むものたちが残す無数の
生き延びるための幾何学紋様を
いちまいの波の切れ端が洗う
うす青い海星《ひとで》がひとつとり残されて

死の際に思い浮かべるのはおそらく
女たちの微細な記憶　光と一緒に
海から吐き出される　壜、流木、骨

月の光が射せば　紫色に透けた
海月《くらげ》たちが　日々の暮らしに淫した
言葉をささやきかわすだろう

記憶の樹

かの夏にまた逢はめやも火を零すしののめの雲みづわたる風

夏休みの誰もいない昼下がりの
教室　舌を垂らした犬が一匹
黒光りする廊下の窪みに溜まった
みずの深淵を覗き込む

防風林のなかに亡霊のように残る給水塔
まひるまの畑に浮かぶ銀やんま
遠浅の海にのびている突堤
ああ　いまもわたしを魅惑しつづけるものよ

旅立つひかりのように
沈黙していた言葉たちが集《すだ》き
失われた記憶の周辺に解き放たれるとき

あなたは水の流れのなかに立つ
いっぽんの樹　枝枝に
幾千の金色の鳥が群れて

忘れられた町で

おほいなる銀の胸鰭ゆふばえて風こそ渉れ死は近からむ

なぜか電話ボックスのなかにいたのだ
町はとうに消滅しているというのに
見渡すかぎりの水面に
細い緑の芽が燃えはじめる

遠くで風が吹いて　舞いあがった
誰彼の声が　響き合いながら
無数のアキアカネの
羽根にのって運ばれてくる

「ここではもう会えないんだね」
失われたものだけが　美しい日々を
あんなに群れ遊んでいる

濃藍に冷えてゆく空の奥で
錆びついた鉄扉《かなど》が閉ざされるまで
わたしはあきれるほど無力で華やいでいた

美しい朝

まぼろしの麦の花恋ひてねむらな　ねむるほかなし照り翳る日日

その日　漂着するあてもない眠りの果て
遠浅のむこうから浮き上がる寝台
白いシーツからみずが滴って
朝の庭に跳躍台のようにせり出す

やわらかい枝のようにしなる空気
風の記譜　過ぎてゆく言葉
名も知らぬ花は降り
空はさかんなひかりの調べ

玄関をあけて郵便受けに辿り着くまでの
なつかしい距離　厨の水音、本棚の埃
猫が腹の毛を舐めている　この永遠よ

誰かの心に棲みつくための企みはあるか
きのう月の光に射抜かれた思いが
雑草のなかから飛び立つ一瞬はあるか

瞑想する家

血だらけになつてからさ今度逢ふのはこの家のどこか風の吹く場所で

蝶番が時折軋む廊下の
つきあたり　沼底がせり上がり
虫の声が満ちて　湯殿は永遠に
黄金色に黄昏れている

水屋では　絵皿のうえに巨大な
魚の頭部が盛り付けられ
蒼い瞳の鏡が　焦げた空と
黒い雲の速度を映している

仏間にはわたしの少し微笑んだ
遺影が　掛けられていて
その下を小さな魚が群れてゆく

闇が氾濫する時を待っているのか
納屋では巨大な碾臼が回りはじめ
うす青い銀河の粒子を溢《こぼ》している

裏庭の星雲

記憶中枢に鬱然と夜の白雲　世界全くほろびしのちも

銀色のノブを回すと　そこは裏庭
黒い犬が何匹も舌を吐いて
椿の葉が皮膚のように剝がれたあとには
女の足がびっしり生えている

むかしはものを思っていたか
星の樹に掛けようとした
黄金色の梯子も　今は
どのあたりを漂っているのやら

いまのわたしを統べるのは
生暖かい緋色の風だけだ　ああ
どこへも行けぬ風よ

充ちてくる体の芯を抜かれて
おまえは　コントラバスの周りを
星雲のように廻りつづけている

夢見る部屋

惑星のほろびしのちも幾千の蛇口より夜の沙零《すな》れつぐ

ぴかぴかと光りながら
転生する合金の犬
降り敷いた枯葉が立ち上がって
銀色の階段を降りてくる

貝殻と藻をまとう鍵盤
羽化するマトリョーシカ
本棚に並ぶ黄金色の背文字
めくれあがる曲馬団のポスター

床下から芽吹きはじめる樹樹
青い菊を活けた甕から
泥のような水が溢れ出す

みたこともない廊下だ
雨が　降りしぶき
夏草が　鏡に溺れている

青

ひとときをこの世にありしなぐさめにひとみの奥処《おくが》かりがねわたる

鳥影におののく
深い蒼穹の
いちまいの
鏡

青、青
おお　その青のなかに
変色してゆく
王国の鳥瞰図

過ぎてきた時間の
層、層　尾を曳いて
集積する　鰯雲

どこかでなにかが誕生している
ぼくはもう　生きてしまった　が
あなたはまだ　死んでいる

鏡

くさなかにたふれてありし銀輪のそこよりゆふべ地球枯れゆく

鏡のなかに隠された
もうひとつの　鏡
夜と昼を頒つ
一本の　樹

青い自転車の半身
砂に埋もれた天球儀
扉に鳥の影を刻印する
風と　雲

どこへも行けない水が
どこへも行けなかった水と
どこかで落ち合っている

歴史の先端はいつも
渦を巻いている
猫の晩年も

墓

うづめゆくはるなつあきふゆその果てに墓あり永遠《とは》の風にふかれて

鳥オルガン
風の地図
休暇届
下火《あこ》

月輪
鱗翅目
阿弥陀仏
夕とどろき

木雲雀《ビンズイ》
無辺光
青封筒

天球図譜
屋外恐怖症《アゴラフォビア》
水底の自転車

Intermezzo

水と風と君の詩学

水のかたちは風のかたちでもあり空むけてひねつてみる　蛇口
切り株に水を充たしてゆくやうに雨の日のバケツにひろがる波紋
シャーペンの先端が教へてくれるきのふの水平線の消息
キーボードさりさりと風になでられて木漏れ日にもうメールきてゐる

とほいとほいわすれられたそら罅割れて堕ちてゆくときあなたは雲雀
ひみつだよふたりならんで食べてみる木の葉のうへの魚の化石
きみのあぶくとぼくのあぶくが墁の先端でまじはるなんて死んだあと
透明になつてわたしを抜けてゆくアキアカネ鰯雲そして、きみ

ひとつのものをもとのところにもどすのにもこころの魔術をつかふ
みんなまばたいてゐるから目をあはせられないでゐる落葉無尽
もううたはどこにもないとなげくほどのことでもないか海に立つ虹

さやうならさやうならまたはじめての音符のやうな言葉でゐたい
掌のなかの月光をみせてくれるねあしのはうから消えてゆくから
ときききみの記憶と、風　くりかへしめくられてゆく本の波打際

II

石の魚

労働は天に還さむ七曜のかなた見果てぬ風のかよひ路

勾玉模様のネクタイが
縺れ合った印字用紙のなかで
呆然としながら　砂の雨に
溶けてゆく街路を見降ろしている

格子状の図表のなかに輝く仕事《ラン》
入力してやると　頭蓋から
頭蓋へ複写されて　冬沼の
表面を　雲が通り過ぎてゆく

狭い闇のなかに吊るされた　茄子紺色の
背広は　今どの辺りを超えているのだろう
大量の言葉を吐き出しながら

いつかの　終焉を　想う
夜の記憶に　ひっそり
石の魚が　舞い降りている

蝸牛の休符

あしたより蝸牛《まひまひ》のごと事務執りて消なば消ぬべしひと日の果ては

とおく灯る日々は　バス停留所
ワイシャツの群れが空を流れる
わたしが追い越してゆくと
あとから後からビルが倒壊してゆく

黄泉《よみ》の雲が流れる
デスクトップの草原
開かれる窓、窓、まどの緑閃光
飛びたとうとする始祖鳥

廃棄された計算ソフトの
暗い箱の中で　つぎつぎと
昇天してゆく　おまえたち

電話の網を逃れて憩う昼休みの
地下茶房　らんちゅうがびろびろと
時を食みながら　こちらを見る

長い夜の卵

ほとほとに夜の時間《とき》さびし砂の上の卵をめぐる砂男われ

水底のオフィスに
雨の魚が群れて　輝き続ける
スクリーンセーバの前を
死者の楽隊がよぎる

昨日という日の尻尾を
食べにきた蛇が
シュレッダーの紙片のなかに
明日の卵を産み落とす　未明

蝸牛の長い夜の果て
マトリクスの中に絡み合う
青い秘密と赤い欲望

「ゴミ箱」は空にしますか
このファイルを消去しますか
君は今　どこにいますか

十月の角砂糖

ぼろぼろと木の葉こぼしてジャケットの内ポケットで弦が震へる

十月の朝のオフィスに
ひそむもの
すっぱい乳房
石榴の裂け目

複写機の光源から
太古の風が吹き通る
このわななきは
誰にも渡したくない

空にも森にも拒絶された椅子
業務日誌に立つ水煙
網状に広がる回線

角砂糖がほろり　指先から
暗黒に身を投げ
渦状に泡をふいている

わが街

銭座橋渡りて沙《いさご》つもる街区《まち》傘さして過ぐ月読橋まで

なんと　今夜の月の蒼いこと
コンビニが　光源になって
麦色の壚を　誰も通らない
アーケードの空にばら撒いている

プールに沈めた携帯電話
泡ぶくあんたの言葉
背泳ぎの視界に　星と
星の　距離が降りてくる

製鉄所は　街に浮上した難破船
光の巣　金管楽器の管に巻かれて
火の舌を吐きつづける

街じゅうの舗道に
公孫樹の葉っぱがふぶく　この世から
あの世へとふぶく　逝き尽くす

木橋のある風景

風をよび樹をねむらせて八月のひとみを潜《くぐ》るみづの上の雲

あの夏を駆け巡った炎を連れて
今日をなだれてゆく　葉群
めぐるみどりのみずに
傾斜している　幸福な木橋

三階のオフィス　窓の外で
声の棺をひらくように
銀杏の実が膨らみ始めていたのを
君は知っていただろうか

あの先立つ　永遠の糢糊から
後ろへ続く　全き静寂のあわいに
生の一瞬は封じ込められて

火の匂いが逝ったあと　雲は
凪いだ　月のめぐりの群島に
鳥はとぶ　鳥のように

草時間、白球

木漏れ日のみづに潜《ひそ》みし三稜鏡《プリズム》に空やはらかくほどかれてをり

紺碧の空から　運動場の
盛り上げられた土の上に
しずかに降りてくる
世界の　中心

時間は今、確かに
その球体に刻印されて
鳥の影やざわめく葉や
きまぐれな風と一緒に

閉ざされながら開かれてゆく
意識の先端を曲がり落ちて
掠めるように空を切る

その時　空のいちばん深いところで
最初で最後の審判が
おごそかに告げられる

揺れる水のカノン

とぷぴるるさへづるみづのうすあかり目瞑りて聴く蝶の羽ばたき

それは　　それは水の紋様
　　　では　　なく
かぜの　　かぜの
かたち　　かたち

それは　それは風の形
　では　なく
ひかりの　ひかりの
すがた　すがた

それは　それは光の姿ではなく
　すきとおる　きみの肉体
すきとおる　きみの肉体

　それは髪　燃えやすい　かぜ
　声　響きやすい　ひかり
蝶　割れやすい　きみ

耳の渚

風のレンズ光におくれて撓みゐる木末《こぬれ》のみづのあやふきを過ぐ

夜の木の耳の渚まで
降りていく　鳥の
胸処を透過する
やわらかい　雨

まぶたを閉ざす
よりも早く　血は
あたためられ　風に
気づかれている

捨ててしまった真空管
のなかで　誰かがぼくの
名前を呼んでいる

暁　旅立った碧瑠璃の眼に
映る俯瞰図　とおく　いちまいの
みずが鏡のように光り始める

回遊する旋律

果てしなきわが水の旅ふかき夜をほたるび草に溺れてねむれ

路地裏でふいに光を浴びた
いくつもの足が通り過ぎて
今はもう　水たまりに
赤信号が点滅している

コインランドリーに入って
魚のように回遊しながら
恋人とふたり　死んだあとの
行く先を話している

円形の扉のなかで舞う白布
次々に回転が止まると
潜水艦のなかはしんとする

藻に覆われたこんな深い
街の底にも　月の光が射して
またなにもないところへ帰ってゆく

散乱する紅い実

きみとよべばほろほろほろとこぼれゆく海風よその破片を運べ

額からのびた枝枝に
小さな紅い実が熟れて
透きとおってきた掌を
樹影にかざしている

街はとっくにほろびのひびき
蒼く極まった月のひかりが
屋上の淵に届くのを
待っていたように

ぼろぼろほろとくずおれて
ちる散る　ちる　ちる
あなたの血の粒子　骨の灰

いまここ　から過去へ（激しく
前世へ（愛していたよ
ひかりさえだささない星の界へ

虹彩都市

うちなびくみなみの果てのはてなしの果てを見しとぞ夢のちぎりに

切り落とされた　髪が
集められ　闇に吸い込まれて
いち日の終わりは　いつも
どこからか火の匂いを運んでくる

夜を着はじめた　ビル街の底を
音もなく　自転車が滑ってゆく
咽喉を反らし　ひるの星々が
鉄紺色の渦のなかを墜落する

液晶に映る虹彩《イリス》のなかで
羽化したばかりの少女らが見る
幼年期　三月の野と五月の雨

ホログラムの千余の欠片のなかで
本当にきみらに届きそうなものは
ひとつも　ありはしない

幻想カフェ

ひるふかく草に溺れて灯るカフェ　きみの青淵ぼくの黒暗淵

紐状の灯りに縛られる樹木
壁を這い上がる篝火
壺の中を吹き荒れる風が
いくつもの草の蔓を揺らす

少女が置いていったコップの
水の皮膚が　雷鳴に震える
おびただしい羽毛が降って
奥のほうで滝の音がしている

着信音がふいに青く憑依して
静物たちがテーブルの上で
ゆっくりと旋回し始める

窓という窓が閉ざされると
枯野が入ってきて　灰色のカーテンを
膨れ上がった魚の頭部が過ぎる

物語

こよひ水辺にうすあをき卵孵りてひとといふひと殺めゆくうた

野に忘れられた井戸が　棲む
あなたの表情に靡く葦の群れ
輪廻の途上に舞い降りたものらが
柔らかい内臓を啄んでゆく――

移動する　ねぐらのために
捨ててきた幾千の軍鳩たちが
砂鉄のように磁石の両端に向かって
渦の方向を揃えてゆく――

夥しい灰白色の葉が降りつづける
罅割れた池の底から　鉄梯子が
冬の蒼穹に掛けられてゆく――

――乾坤《けんこん》を黒い惑星がわたるとき
ああそれらどんな物語も
いつの日か　跡形もなく

Intermezzo

七曜の周辺

あさのひかり窓より入れて憩ふとき感情の端《はし》わづかに動く
生活の起伏といふもせつなくてゐのころぐさのめぐり明るし
この夏は狭庭に揺るる樹の影にしづかなる椅子置かしめむかな
日の暮れのみづの重さにうつむきてささやきかはす紫陽花のかほ

ぼごぼごと日曜の血はめぐりをり蜥蜴のごときもの内部《うち》に飼ひ
玻璃窓のあさの指紋に息吐きて月曜のかほ呼びもどしをり
群衆のひとりとなりて透明の人体模型運ぶ火曜日
空中を徒歩《かち》ゆくは憂し水曜のビル壁面にくぢら釣るひと

われのみの知る範囲にてわれのみの木曜は過ぐ夕照寒く

たてがみにリキッド垂らす金曜日われにもかつてありし愛の際

土曜日のあさのねむりの星の環《わ》に青き抹香鯨泳げり

橋の上に襤褸《らんる》の天使待ちゐたりときとして美《は》しひかりの故郷《くに》は

手にむすぶみづに舞ひきてみどりごのみみたぶならむふたつはなひら

はなしたかつたことあるやうでないやうな暮れのこるくれなゐ一樹

Ⅲ

月の音符

耳のうちに沙《すな》しづまりて月のひかりみちくる渚ゆきたきものを

月夜の浜に埋もれた　オルガン
なぐさめにそっと蓋をあければ
記憶をさらう　ささ　ささ　さ
さざなみの　調べ

双子のこびとが　象牙色の
ふしぎな楽器のうえを
跳ね歩きながら
古びた旋律を奏でる

やがて潮が砂を濡らし
巻貝たちがふつふつと煙の
種子を吐き出すころ

水仙の明るさに目覚めると
空にはたたく白い帆船の底から
おびただしい音符が降りてくる

ギタリストの休日

ゆふさりてクラプトンの弦さらふごと風渉りゆく火を持つ胸に

朝／／
　えのころ草　の　　　ほとり
　　葉っぱ　の　　裏側から
　　　鶸色　の　　声がして

―まひる／　　　黒い
楽器ケース　を抱いて
　ふかい　深い井戸を
落ち　　　続ける

―夕暮れ／　　なおも
きみの肩甲骨　に六本の
透明弦　を張ろう　として

／／夜
　青いギター　を操っているのは
蒼白の手　と大いなる　空の天秤

厨房酩酊

たづねきてひと夜舞へ舞へかたつむり雨を病む樹も風病む鳥も

螺旋状に垂れ下がった
林檎の表皮に　いくつもの
星座が宿り　夜空は町の
どこにも降りていけない

梨の果肉のなかに
ちぎれた雲が渦巻いて
鳥は　その影さえ
行き場を失っている

冷蔵庫のほとりでこのまま
ずっと眠っていたかった
草に抱かれて

朝　雲があまりに早く形を変えるので
完璧な言葉に呼ばれるまで
わたしはここを動けないでいる

月清響弦

天体と測りあふとき夜のみづぼくの耳のなかの神殿を浸す

微かな湿り気を帯びて　やわらかく
膨らんだ闇が鎧う　老いた木の肌
折り曲げられた背中に
透きとおった骨が　波立つ

弦に絡みついていた時間を
ふるい落としながら　溯る声
おまえに抱きかかえられて
口唇が　震えはじめる

薔薇や　ゆうぐれや　檸檬や思い出に
捧げられたまま　窓辺の椅子に
凍りついている　漆黒の洞

――月の　光が　射してくる
　月の光が　射してくる
　　月の光は射している

バンドネオンと落葉

風を編む女童《めわらは》ふたりほろびゆく秋のひと日を天降りきて

匙を　ひとつ　沈めて
ひえびえとした蒼い月の夜を
超えてゆきます　どこか
少しずつ罅割れながら

行く手にはバンドネオンが
とろとおろりと聴こえてきます
これといってもう何も
言うことはないようです

地上はただ夢の淵
生きてきた日々が　ひとつぶ一粒
とおい渚に燈されて

紅い落葉を一枚いちまい拾っては
今日という日の重さを量りながら
掌に載せてながめています

秋魚歌

ゆくへなき秋のはたてにひるがへるきみありし日の銀のうろくづ

あなたと交わした
古い約束　捨てられなくて
今日もどこか遠くを
彷徨っている

わたしのたましいは
空を行く銀色のおさかな
ぼろぼろの鰭
打ち振って

もう　いいんだよ
あとは静かに
待っているだけ

ただ　この夜が
過ぎてゆくのを　じっと
待っているだけ

屋上の空

海ちかきもろこし畑にわれはゐてあをきやんまの瞳恋ひをり

金魚すくい　紙風船
お稲荷さん　首長竜
そして汽車が走っていたな
百貨店の屋上

もっとうえには
もっともっとうえには
どんな雲が
浮かんでいたのやら

銀行で働いているうちに
ちろりと時は過ぎてしまった
河口がひかっている

そっとしておこうか
誰かに手を引かれて
もう一度行ってみたい気はするけど

輪廻する水

うちそよぐ月の辺の雲さびしかり憧憬事《あこがれごと》もほのか過ぎゆく

でも、――その日は
来ます　よね　二度と
会うことができなくなる
その日　が

とりとめなさのなかに潜む
神様の計算
なにげなさのなかに宿る
永遠の刻印

自転車の前籠でカタカタ鳴っている
ペットボトルに閉じ込められた
水の輪廻を思ったりして

(月がとてもきれいだよ
(同じものみてた
(今日は何が起こっても不思議じゃないね

フォトグラフ

風の記譜終へしあなたの黒髪に夕暮れの雲つながりやまず

光と影が　この世の時間に濾過されて
わたしの前におまえがいる
お気に入りの帽子を被って
樹の影の椅子と

密雲の縁があさの光に輝いて
わたしの前にはおまえがいるのだった
お気に入りのスカートを履いて
見えない星星と

おまえの背後に明滅する昼と夜
雲の変容に刻み込まれてゆくのは
いちにち一日の記憶の皺

そこにわたしはもう居る必要がないから
おまえが忘れてしまった昔のなかに
棲んでみようと思う　あしたから

キリンの歩行

樹のあはひぬけて半身透りゆく九月のキリン黄昏を統ぶ

欠けたこころには
欠けたままのこころが
寄り添っている
おまえの頭部に火が放たれて

犇めきはじめたゆうぐれの
粒子をかき分けて
首の高さを　どこまでも
水平に運んでゆく

人形遣いの縺れた糸に操られた足が
ゆっくりと角度を変えながら
虚空を掻いてゆく

遠くまで往くんだよ　火の香する
深い夜の森を　おまえの翼が
帰ってゆくところは　もうないのだから

ピアニッシモ

描く手に描かれてゐるわたくしの描く手あはき月光のなか

コンセントを抜けば
隈なく月のひかりが入って
浪ばかりの部屋に　ひとり
残されてしまう

歩行する足も
水を掬う手も
(言葉をひとつ覚えては
月のひかりで消してゆく

一瞬先　のことだって
わかりませんからね　もう
別の空間に居る (次は　ない

わたしを形作っていた　泡立草の
あわだつ光も　消えている
最初からなかったみたいに

ラクリモーサ

花花しき遺骸よおまへ雪の岸にうちあげられて誰の声待つ

三月の水のうえ　あなたの指を
離れた音が　粒立って
澄んだ大気のなかへ
吸い込まれていく（さようなら

あの日投げ上げたものは
何だったのか　もう思い出せない
今ここに絶え間なく落ちてくるのは
重さを失くしたおまえたち蟬の胴体だけだ

潜水夫たちの分厚い眼鏡の
奥にはあんなにフジツボの
暗闇が貼りついていたね

時間は　過ぎ去るものの痕跡
すべてはそこに記されて（さようなら、また
あなたが歌った花のうたも

見知らぬ夢よ

たましひがここを去るまで眼をひらきこの世のきみをみておくことの

わたしが死んでしまったあとも
(世界はこうして
空には羊雲浮かび
樟の葉群は風に鳴り

あなたが死んでしまったあとも
（世界はこうして
見知らぬ誰かの夢で
あり続けるのでしょうか

いいえ　誰もが違う死を　（死を
死んでゆきますそれぞれの　（死を
たったひとつの死を死んでゆきます

それだけのこと　それだけのことです
そのあとは　誰もほんとは
もうわからない　（もう　わから　な

花落祈禱歌

はなさけばはなちるまでをいきてみむ十方微塵南無不可思議光

いなくなるということ
が　どういうこと
なのか　よく
わからなくて

えいえんのいりぐちで
わたしは　いまも
しずかに　あなたを
まっています

みしらぬかぜが
きいたこともない
うたをかなでるので

みづいたぴあののふたを
そっと　あけてやります
（帰命無量寿如来……

雨と猫のジーグ

雨と猫のジーグ

濡れびかる街の背骨よ鉄錆びのにほひに充ちて亡ぶ六月

図形譜に星形の雨、雨ぞふる　鳥のつぶてのやうに死にたい

ゆわゆわとひと日の果てを流れ着きし自転車憩ふ珊瑚樹の下

うたふだけうたつてぼくら風であることを知る揺れあふ瞳《め》は鏡

きみが放ちししろがねのうをさみしさみしひしめきて糠雨《あめ》の空泳ぎゆく

ひと夏の鱗が剝がれおちるまでそばにゐるただ繁吹《しぶ》く雨として

ritornello

ディミニッシュコードの闇にまぎれゆく鍵盤づたひに肉球は来て

謎カノン追いかけてゆく五線譜にシュレディンガーの見えざる肉球《うちう》

三つのプリズム　［短歌による索引］

I

きみとよべばほろほろほろとこぼれゆく海風よその破片を運べ　70

うちなびくみなみの果てのはてなしの果てを見しとぞ夢のちぎりに　72

木漏れ日のみづに潜《ひそ》みし三稜鏡《プリズム》に空やはらかくほどかれてをり　62

くさなかにたふれてありし銀輪のそこよりゆふべ地球枯れゆく　40

たれのゆめのきりぎしひとり藻はゆらぎゆらぎてはるかきみへなだれつ　20

馬のひとみ灯るゆふべをひとりきて別れしこともまぼろしのうち　22

ほとほとに夜の時間《とき》さびし砂の上の卵をめぐる砂男われ　54

描く手に描かれてゐるわたくしの描く手あはき月光のなか　104

ゆふさりてクラプトンの弦さらふごと風渉りゆく火を持つ胸に　86

天体と測りあふとき夜のみづぼくの耳のなかの神殿を浸す　90

青空のやうなおまへの頭蓋そのかなしみのうたしづくする雲雀　18

ひるふかく草に溺れて灯るカフェ　きみの青淵ぼくの黒暗淵　74

風を編む女童《めわらは》ふたりほろびゆく秋のひと日を天降りきて　92

はなさけばはなちるまでをいきてみむ十方微塵南無不可思議光　110

※

II

ひとときをこの世にありしなぐさめにひとみの奥処《おくが》かりがねわたる　38
とほざかる窓に見えきて町をつつむ二重《ふたへ》の虹のほのかなる足　16
風のレンズ光におくれて撓みゐる木末《こねれ》のみづのあやふきを過ぐ　66
とぷぴるるさへづるみづのうすあかり目瞑りて聴く蝶の羽ばたき　64

樹のあはひぬけて半身透りゆく九月のキリン黄昏を統ぶ　102
ゆくへなき秋のはたてにひるがへるきみありし日の銀のうろくづ　94
あしたより蝸牛《まひまひ》のごと事務執りて消なば消ぬべしひと日の果ては　52
ぼろぼろと木の葉こぼしてジャケットの内ポケットで弦が震へる　56

記憶中枢に鬱然と夜の白雲　世界全くほろびしのちも　34
果てしなきわが水の旅ふかき夜をほたるび草に溺れてねむれ　68
血だらけになつてからさ今度逢ふのはこの家のどこか風の吹く場所で　32
こよひ水辺にうすあをき卵孵りてひとといふひと殺めゆくうた　76
惑星のほろびしのちも幾千の蛇口より夜の沙《すな》零れつぐ　36
花花しき遺骸よおまへ雪の岸にうちあげられて誰の声待つ　106

※

Ⅲ

風をよび樹をねむらせて八月のひとみを潜《くぐ》るみづの上の雲　60

海ちかきもろこし畑にわれはゐてあをきやんまの瞳恋ひをり　96

銭座橋渡りて沙《いさご》つもる街区《まち》傘さして過ぐ月読橋まで　58

たましひがここを去るまで眼をひらきこの世のきみをみておくことの　108

きみのうしろにうねるうみの髪まきあがり逆立ち風に千切れて　24

かの夏にまた逢はめやも火を零すしののめの雲みづわたる風　26

労働は天に還さむ七曜のかなた見果てぬ風のかよひ路　50

うちそよぐ月の辺の雲さびしかり憧憬事《あこがれごと》もほのか過ぎゆく　98

風の記譜終へしあなたの黒髪に夕暮れの雲つながりやまず　100

まぼろしの麦の花恋ひてねむらな　ねむるほかなし照り翳る日日　30

たづねきてひと夜舞へ舞へかたつむり雨を病む樹も風病む鳥も　88

おほいなる銀の胸鰭ゆふばえて風こそ渉れ死は近からむ　28

耳のうちに沙《すな》しづまりて月のひかりみちくる渚ゆきたきものを　84

うづめゆくはるなつあきふゆその果てに墓あり永遠《とは》の風にふかれて　42

あとがき

和歌山市に生まれて、六十五年間和歌山市内に住み続けている。大学も地元の国立大に通った。地元の企業に四十三年間勤務し、今年定年を迎える。

この凡庸を絵に画いたような人生のなかで、ただひとつ間違いを犯したことと言えば、二十代から三十代の後半にかけて（七十年代半ばから八十年代）、短歌という詩形に関わり、二冊の歌集を編んだことである。大学時代に角川短歌賞に応募し候補作品として三十二首が掲載されたことがきっかけだった。その間、さまざまな方から刺激を受け助言と励ましをいただいたが、結果として私は期待に応えることができず、その活動から逃げ出すことになった。もとよりそれは、みずからの気まぐれな性格と怠惰に負うものであった。

一九九三年の冬、私は第三歌集出版を目論んで書き溜めていた三百首余りの未発表作品を、半ば投げ捨てるように散文とも自由詩ともつかない破片に完膚なきまで解体したうえ、「廃墟」と名付けた一冊のノートに書きとどめ、抽斗の奥深く仕舞った。

四十代、五十代、そして六十代に入っても、短歌を詠むことはおろか読むことさえないまま、ただ目の前に迫る現実に対して現実的に対処してゆくことを優先させてゆくなか、恐ろしい速さで時は過ぎていった。そして間もなくこの愛する町で私は静かに眠りにつく、はずだった。

一昨年の夏のことである。突然、高校時代の畏友から一通の手紙が届いた。彼は、古典に通じエッセイなども物する博覧強記の読書家で、そこには自作の短歌十二首が添えられていた。驚きながら私は丁寧に読み込んで感想を書き送った。これが始まりだった。それ以降、毎月のように新作の歌が数首ずつ送られてくるようになり、同時に詩歌についてさまざまなことが話題にのぼるようになった。なかでも良寛と一休に関する彼の知識は膨大で、大いに感銘を受けた。そこには人間の生き方に対する多くの示唆が含まれていた。やがて自分の中で何かが動き出すのを感じた。その年の暮、私は抽斗の底から件のノート「廃墟」を引っ張り出していた。

ノートのなかの言葉は、二十数年を経て黴や苔に蝕まれてはいたが、不思議ななつかしさを湛え、密やかに息づいていた。錆に浸食され崩れ果てた言葉の中に、まぎれもなく「私」がいた。「これが君なんだよ…」彼らは私にそう語りかけていた。私は一つひとつ言葉をいとおしむように声に出してみた。それらは揺れる水のうえで微かに響き合った。最初の一行が生まれた。そして私は、歌い始めた。

『揺れる水のカノン』は、私の三番目の歌集になる。このような歌集が三十年ぶりに編まれることになろうとは、みずからほとんど信じてはいなかった。

まずは、作品制作に向かうきっかけを作ってくれた先述の畏友、亀泰秀君に感謝申し上げる。

最後に、私の人生における第二の間違いを見事に後押ししてくれた書肆侃侃房の田島安江さんに厚く御礼を申し上げる。田島さんとの出会いがなければこの歌集は生まれなかった。

金川　宏

二〇一八年一月

■著者略歴
金川 宏（かながわ・ひろし）

1953年　和歌山市に生まれる。現在も在住。
1975年　コスモス短歌会に入会。3年間在籍。
1983年　第一歌集「火の麒麟」
1984年　同人誌「詩法」創刊。1990年終刊。
1988年　第二歌集「天球図譜」

E-mail：kanakana1226hiromu@gmail.com
Twitter：@kanakana1226hi2

ユニヴェール7
揺れる水のカノン
二〇一八年三月二日　第一刷発行
著者　金川 宏
発行者　田島 安江
発行所　株式会社 書肆侃侃房（しょしかんかんぼう）
〒八一〇・〇〇四一
福岡市中央区大名二・八・十八・五〇一
TEL：〇九二・七三五・二八〇二
FAX：〇九二・七三五・二七九二
http://www.kankanbou.com info@kankanbou.com
DTP　黒木 留実（BEING）
印刷・製本　株式会社インテックス福岡

ISBN978-4-86385-301-0　C0092